作家出版社

李晓华诗词集

余新雨题

二

目　录

水龙吟　新春感怀 / 001

调笑令　三亚 / 002

渔歌子　东风早 / 003

谒金门　春宵 / 004

七　律　春驻 / 005

渔歌子　春 / 006

行香子　望乡 / 007

鬓云松令　春容 / 008

思越人　春游十渡 / 009

七　律　观电视剧《纸醉金迷》有感 / 010

采桑子　春归 / 011

浣溪沙　踏青 / 012

浣溪沙　郊游 / 013

女冠子　春寄 / 014

夜游宫　觅友 / 015

忆秦娥　盘山行 / 016

长相思　雅安地震有感 / 017

渔歌子　桃花江 / 018

渔歌子　春燕 / 019

渔歌子　美人 / 020

清平乐　游碧云寺 / 021

采桑子　春之韵 / 022

谒金门　游孟姜女庙有感 / 023

鹊桥仙　四合堂抒怀 / 024

长相思　自语 / 025

减字木兰花　登黄山有感 / 027

调笑令　春风 / 028

五　绝　游丹霞峰 / 029

临江仙　游安徽江村古镇 / 030

豆叶黄　览黄山 / 031

七　律　黄山茶园 / 033

清平乐　登黄山有感 / 034

采桑子　皖南游 / 035

七　律　游漓江有感（一） / 037

七　律　游漓江有感（二） / 038

七　律　观《印象刘三姐》 / 039

七　律　夜游桂林两江四湖 / 040

七　律　游桂林有感（三） / 041

七　律　桃花江之醉 / 042

七　律　桃花江之夜 / 043

渔家傲　漓江见闻 / 044

七　律　雨后桂乡 / 045

鹧鸪天　江上行 / 046

苏幕遮　阳朔抒怀 / 047

豆叶黄　西部论坛感怀 / 048

长相思　桂林游（一） / 049

长相思　桂林游（二） / 051

七　律　赠韩冬梅 / 052

一剪梅　赠孙侠 / 053

七　律　赠左安一 / 054

七　绝　游香山双清别墅 / 055

七　律　香山感怀 / 057

七　律　碧云寺 / 058

七　律　登香山有感 / 059

渔家傲　雨登香山 / 060

江城子　香山情怀 / 061

渔家傲　携手 / 062

七　律　端午节感怀（一） / 063

七　律　端午节感怀（二） / 064

采桑子　端午节感怀 / 065

采桑子　出席郎朗《青年盛典中国梦》大会有感 / 066

菩萨蛮　自嘲 / 067

采桑子　赠于文德 / 068

七　律　赠晓光大哥 / 069

七　绝　乡愁（一） / 070

七　绝　乡愁（二） / 071

七　律　观《艰难爱情》有感（一）/ 072

七　律　观《艰难爱情》有感（二）/ 073

蝶恋花　观《艰难爱情》有感（三）/ 074

忆秦娥　香山行 / 075

忆秦娥　赠某公 / 076

钗头凤　精英爱情 / 077

钗头凤　郊游白河川 / 078

七　律　再游白河川 / 079

七　律　赠鸠山首相 / 081

七　律　为鸠山幸贺寿 / 083

长相思　登攀 / 084

谒金门　观《烟雨濛濛》有感 / 085

长相思　贺张华敏演唱会成功 / 086

调笑令　忆慈母 / 087

阮郎归　水牛石相亲聚会 / 088

谒金门　相思 / 089

采桑子　赠王莉 / 090

渔歌子　畅游什刹海 / 091

七　律　畅游前海 / 092

长相思　畅游后海（一）/ 093

长相思　畅游后海（二）/ 094

调笑令　畅游后海（三）/ 095

调笑令　夜游什刹海 / 096

调笑令　贺李小琳讲演成功 / 097

一剪梅　赠常昊 / 099

豆叶黄　再游什刹海 / 100

长相思　赠歌手刘媛媛 / 101

长相思　武夷行 / 102

七　律　赠安泽嘉 / 103

太常引　精英盛会 / 104

如梦令　赠朱国凡 / 105

豆叶黄　赠乌兰图雅 / 107

长相思　赠韩磊 / 109

长相思　《北京爱情故事》观后感 / 110

长相思　赠陈京生 / 111

豆叶黄　赠戴志诚 / 113

豆叶黄　赠刘伟 / 114

长相思　《双城生活》观后感 / 115

豆叶黄　赠周炜 / 117

渔歌子　赠左伟 / 118

渔歌子　赠喻川 / 119

七　绝　赠孙国庆 / 121

渔歌子　赠李辙 / 122

长相思　还乡 / 123

渔歌子　赠张丽英 / 124

渔歌子　赠李海峰 / 125

长相思　赠许戈辉 / 127

豆叶黄　赠纪惠霞 / 128

渔歌子　桃花源 / 129

沁园春　精英会礼赞 / 130

念奴娇　精英远航 / 131

南歌子　日出 / 132

南歌子　夜航（一） / 133

南歌子　夜航（二） / 134

南歌子　赌船 / 135

长相思　赌场有感 / 136

如梦令　黄海行 / 137

潇湘神　游船小抒 / 138

调笑令　仁川 / 139

七　律　游仁川有感 / 141

长相思　醉染 / 142

一剪梅　精英战赌船 / 143

长相思　狂欢 / 144

豆叶黄　霞晖 / 145

长相思　船上激情 / 146

豆叶黄　赌船 / 147

钗头凤　首尔行 / 148

一斛珠　精英颂 / 149

豆叶黄　精英赞 / 150

一剪梅　良宵 / 151

豆叶黄　游荷花市场 / 153

一剪梅　精英文化 / 154

长相思　畅游后海（一）/ 155

一剪梅　水牛石相亲 / 156

一剪梅　船过银锭桥 / 157

七　律　什刹海 / 158

贺圣朝　前海行 / 159

鹊踏枝　游荷花市场 / 160

醉桃源　夜景 / 161

中兴乐　后天情 / 162

酒泉子　芳尘 / 163

相思令　赠爱孙 / 164

醉桃源　追求 / 165

采桑子　赠王涛 / 167

采桑子　为友人题照 / 168

谒金门　漫步白河川 / 169

调笑令　沙漠探险 / 171

思帝乡　忆昔路 / 172

调笑令　沙漠暴走 / 173

望梅花　赠成方圆 / 175

望梅花　赠刘敏 / 177

望梅花　赠刘谦 / 179

望梅花　赠唐国强 / 181

清平乐　感悟 / 182

清平乐　心绪 / 183

豆叶黄　为外孙小核桃题照 / 184

谒金门　新苗 / 185

望梅花　赠刘长乐 / 187

望梅花　赠王奎荣 / 189

望梅花　赠姚明 / 191

采桑子　为午夜灵魂诗社题照 / 192

后庭花　沙漠飙车 / 193

后庭花　赠王贵玉 / 194

调笑令　云飞 / 195

河渎神　观《艰难爱情》 / 196

豆叶黄　赠周丽莉 / 197

减字木兰花　游纳帕溪谷 / 198

如梦令　心沸 / 199

减字木兰花　游百花山 / 200

调笑令　途归 / 201

调笑令　怀旧 / 202

调笑令　赠友人 / 203

七　律　赠蒋大为 / 205

七　律　赠张纪中 / 207

调笑令　赠外孙 / 208

江城子　觅旧踪 / 209

鹧鸪天　登攀 / 210

望梅花　赠黄宏 / 211

七　律　观《剑侠情缘》有感 / 212

七　律　无忧 / 213

忆秦娥　观《忏悔无门》电视剧有感 / 214

南歌子　醉醒 / 215

江城子　金海湖抒怀 / 216

一剪梅　秋 / 217

望梅花　赠卢奇 / 219

天仙子　再游金海湖 / 220

阮郎归　游金边（一）/ 221

阮郎归　游金边（二）/ 223

阮郎归　游金边（三）/ 224

一剪梅　游金边（四）/ 225

七　律　游金边（五）/ 227

七　律　游金边（六）/ 229

调笑令　游金边（七）/ 230

七　绝　参拜大皇宫（一）/ 231

七　绝　参拜大皇宫（二）/ 232

七　绝　参拜大皇宫（三）/ 233

清平乐　观金边罪恶馆 / 235

谒金门　游湄公河 / 237

归自谣　游傍逊岛（一）/ 239

潇湘神　游傍逊岛（二）/ 241

浪淘沙　游傍逊岛（三）/ 242

浪淘沙　游傍逊岛（四）/ 243

醉花阴　游傍逊岛（五）/ 244

七　绝　游傍逊岛（六）/ 245

七　绝　游傍逊岛（七）/ 247

一斛珠　晚云悠歌 / 248

七　绝　观金边罪恶馆有感 / 249

豆叶黄　教师节 / 250

七　绝　贺教师节 / 251

七　绝　告别金边 / 252

渔歌子　赠孙江榕 / 253

八拍蛮　教师节感怀 / 254

玉楼春　秋景 / 255

七　绝　秋实 / 256

西江月　清景悠长 / 257

忆秦娥　七夕（一）/ 258

忆秦娥　七夕（二）/ 259

忆秦娥　为友人题照 / 260

渔家傲　重游香山 / 261

渔家傲　西风怨 / 262

夜游宫　云霞 / 263

渔家傲　思母 / 264

五　绝　中秋节 / 265

五　绝　中秋思亲 / 266

五　绝　中秋思家 / 267

思帝乡　白河赞 / 268

相见欢　贺国庆 / 269

七　律　赠刘全和刘全利 / 271

河渎神　金秋 / 272

七　律　重游三亚（一） / 273

七　律　重游三亚（二） / 274

一剪梅　重游三亚（三） / 275

菩萨蛮　重游三亚（四） / 276

相思令　海秋 / 277

虞美人　探秋 / 278

一剪梅　往事有感 / 279

七　律　海南赋 / 280

减字木兰花　游天涯海角 / 281

归自谣　观海有感 / 282

后庭花　秋登八大处 / 283

长相思　赠胡月 / 285

长相思　赠鸠山首相 / 287

七　绝　励志 / 288

调笑令　赠刘晓庆 / 289

如梦令　忆慈母 / 290

七　律　思母 / 291

七　律　国庆有感 / 292

七　绝　有感祭拜人民英雄纪念碑 / 293

采桑子　赠杨洪基 / 295

调笑令　赠洪剑涛 / 297

调笑令　赠陈逸恒 / 299

七　律　国庆 / 300

七　律　赠尤小刚 / 301

七　律　回三亚 / 302

七　律　老友聚会 / 303

七　律　游南山 / 304

七　律　赏秋 / 305

渔歌子　秋韵 / 306

江城子　香山雨景 / 307

渔歌子　赠程冰雪 / 308

踏莎行　兴隆行 / 309

南歌子　万宁行 / 310

相见欢　陵水行 / 311

浣溪沙　黎家风情 / 312

七　律　南海归舟 / 313

渔家傲　五指山 / 314

忆秦娥　登香炉峰 / 315

渔歌子　江上行 / 316

七　律　重阳 / 317

七　律　香山赏雨 / 318

七　律　知音 / 319

一剪梅　重阳相亲 / 320

醉桃源　秋游颐和园 / 321

醉桃源　重阳 / 323

阮郎归　重阳节 / 324

相思令　秋色 / 325

渔歌子　赠廖京生 / 327

七　绝　瞻拜雍和宫 / 328

调笑令　秦川婚礼 / 329

渔歌子　赠姜武 / 331

如梦令　赠吴长楼 / 332

南歌子　相亲 / 333

七　绝　夜游卢沟桥 / 334

七　律　武夷山感怀（一） / 335

七　律　武夷山感怀（二） / 337

七　律　武夷山感怀（三） / 338

七　律　武夷山感怀（四） / 339

南歌子　武夷山感怀（五） / 340

采桑子　武夷山感怀（六） / 341

宴清都　香山秋韵 / 342

豆叶黄　印象九曲溪 / 343

新九曲棹歌 / 344

调笑令　武夷山感怀（七） / 347

望梅花　九曲溪漂流 / 348

长相思　游九曲溪（一） / 349

一剪梅　游九曲溪（二） / 350

长相思　武夷情 / 351

渔歌子　赠钟聪 / 352

醉桃源　自题 / 353

长相思　赠孙刚 / 355

七　绝　人生感悟 / 356

调笑令　雨寒 / 357

采桑子　励志 / 358

豆叶黄　赠李玲 / 359

采桑子　游九华山 / 360

七　律　九华风光 / 361

醉垂鞭　秋景 / 362

更漏子　秋近 / 363

点绛唇　菊赏 / 364

玉楼春　秋韵 / 365

青门引　秋寒 / 366

千秋岁　香山红叶 / 367

醉桃源　望秋 / 368

河渎神　秋赏 / 369

七　律　秋登香山 / 370

高阳台　晚秋 / 371

七　律　秋过 / 372

后庭花　秋之韵 / 373

水龙吟　新春感怀

爆竹声脆岁除，阑珊深处雪霜无。
残冬乍去，润育桃红，香溢幽谷。
龙年伊始，励志登攀，樽醉菖蒲。
凝郁润碧如，柳浓香抛，萍草葱，风之拂。

欢腾未歇长鼓，烟花烁，盛装狂舞。
巧绘宏图，同赴惊澜，重拳反腐。
拍蝇擒虎，瑶轩共筑，盛世屠苏。
新岁更旧符，极目远瞩，笑看沉浮。

2013.2.15

调笑令　三亚

琼岛，
琼岛，
煦风喜润碧草。
南海璀璨明珠，
烟波浩渺春早。
早春，
早春，
生机盎然乾坤。

2013.2.16

渔歌子　东风早

嫩寒叶碧东风早，
满庭幽翠香菲草。
踏青处，
芳纷扰，
春去春來春自好。

2012.2.25

谒金门　春宵

余晖罩，
日落群山抱。
彩云追月银钩翘，
翠景倚春傲。
花艳柳浓香抛，
老燕衔泥归巢。
边陲小岛醉欢宵，
笑语声逐高。

2013.3.23

七律　春驻

碧叶芳丛长亭路，
雾浓烟淡润玉树。
嫩柳翩然丝万缕，
一曲新词颂妙处。

归雁俯山风清露，
群峰俏耸锁春驻。
更喜娇柔潇湘雨，
闻琴欲醉彩桥渡。

2013.3.25

渔歌子　春

残冬乍去黛嫩风，
桃园翠翘万碧生。
涧水蓝，
萍草葱，
花海娇红窜云空。

2013.4.4

行香子　望乡

雨破清江，水皱波漾，春日莺啼生机盎。
桃花源里，览尽春光，
碧翠垂袖，百花绽，冬梅藏。
花浪扶桑，嫩柳微扬，欲做飞雁归巢忙。
魂销梦盼，疾书倾肠，
恨别情浓，夜无寐，乡梦长。

2013.4.5

鬓云松令　春容

香尘裊，

云平薄，

芬菲劲草，

春柔细雨潇，

晓树啼鸣惊雀鸟。

艳郊绿涧，

寻芳踏琼岛。

柳丝长，

梅枝俏，

亭阁掩雾，

流花尽缠绕。

玉露金风香叶傲，

倚红凝翠，

葱茏林愈茂。

2013.4.6

思越人　春游十渡

风露清，
天破晓，
驱车郊游春早。
玉溪涧满润芳草，
踏青十渡娇好。

火树琼花瞻碧眼，
柳青飞絮漫卷。
山高林密绿似染，
如雕如画尽览。

2013.4.7

七律
观电视剧《纸醉金迷》有感

绣幄娇润晚妆新，
幽暗烛明酒巷深。
笙歌娓娓衬红唇，
梦醒醉愁待举樽。

淡烟笼月怨情分，
乾坤何处觅知音？
屡屡惆怅忆旧常，
一帘幽梦又如今。

2013.4.8

采桑子　春归

余冬收尽复斜阳，
莫道寒凉。
不再寒凉，
待等芳归梦里狂。

潇湘雨歇入幽窗，
疑似春光。
胜似春光，
瑶台琼榭巧梳妆。

2013.4.8

浣溪沙　踏青

万芳葱茏沐锦风，
余香堕地裹艳红，
春幕低垂耀碧空。

回眸遥望楚天长，
桃李犹艳秀色浓，
踏青寻梦与君同。

2012.4.8

浣溪沙　郊游

携友远足踏青游，
聚首凝情尽风流，
沾衣疏湿春雨稠。

晓月暂栖霞晖里，
桃花怒绽未娇羞，
揽尽春光探深幽。

2012.4.9

女冠子　春寄

绿满春寄，
溪曲潺流清碧，
群芳丽。
淡雨染娇红，
依旧幽香密。
梨花洁似玉，
清池展涟漪。
翠黛春意浓，
须看细。

2013.4.11

夜游宫　觅友

万山与共争秀，
露华浓、和歇雨骤。
芬脂欲滴嫩枝厚。
晚风奏，
桃花瘦，
芳浸透。

几许倚栏昼，
横玉笛、箫闲置久。
天下难寻知音有。
觅挚友，
重抖擞，
四海走。

2013.4.12

忆秦娥　盘山行

春之舞，
笑登盘山方知苦。
方知苦，
百丈苍茫，
峰连极浦。
夕阳晴后残霞吐，
层崖隐泉落飞瀑。
落飞瀑，
润育桃红，
香溢幽谷。

2013.4.14

长相思　雅安地震有感

心如焚，
泪湿襟，
雅安晨震见惊魂，
瓦砾现新坟。

情谊殷，
感众恩，
家园重建填崩痕，
巴蜀泣鬼神。

2013.4.20

渔歌子　桃花江

翘首遥望桃花江，
凭栏回眸锦稠香。
翠痕悠，
润万芳，
村女结队采蚕桑。

2013.5.4

渔歌子　春燕

春燕归来舞紫风，
不惧山高险万重。
羽翼轻，
归情浓，
老宅旧檐迎飞鸿。

2013.5.5

渔歌子　美人

美人惊艳肤如霜，
近在咫尺似流芳。
阑珊处，
巧端庄，
恰似疑游遨梦乡。

2013.5.7

清平乐　游碧云寺

蜿蜒崎路，
隐见参天树。
禅寺碧云遮薄雾，
先贤衣冢肃穆。

古迹见证留痕，
创立共和功臣。
缅怀英魂先烈，
共燃爱国热忱。

2013.5.8

采桑子　春之韵

紫禁飞花乘晓风，
吹落桃红。
又泛桃红，
万家共享晚香同。

闲庭月明梨花重，
盼却归鸿。
巢落归鸿，
韶华尽满君醉浓。

2013.5.9

谒金门　游孟姜女庙有感

人颠沛，
无奈寒烟鬼魅。
孟姜女洒望夫泪，
芳容已憔悴。

哭声沸腾海退，
忧泣撕碎心肺。
长城闻作欲崩废，
痴情堪钦佩。

2013.5.10

鹊桥仙　四合堂抒怀

飞霞云蒸，
清风鸣蝉，
落日晖洒远翠。
微澜绿水新池满，
芳春夜半吟长醉。

烟柳度影，
曲溪烟雨，
坳谷风欺微寒。
归巢飞燕采幽香，
平波轻柔润尘寰。

2013.5.11

长相思　自语

花沐雨，
树沐雨。
谁在月下自独语，
烟柳染庭里。

峰叠起，
岭叠起。
更在斜阳暗自喜，
夏韵知几许？

2013.5.12

减字木兰花 登黄山有感

险山碧树，
溪水临高飞涧瀑。
景观无数，
幽谷缭绕朦胧雾。
奇峰深处，
又见轻烟夕阳暮。
信步石路，
骚客抒怀试诗赋。

2013.5.16

调笑令　春风

春风，
春风，
雨轻雾浓花争。
云柔树碧水渺，
引来阵阵群蜂。
蜂群，
蜂群，
花丛辛勤耕耘。

2013.5.14

五绝　游丹霞峰

天下丹霞峰，
高耸傲西东。
千年仍峭立，
笑迎八面风。

2013.5.17

临江仙　游安徽江村古镇

信步江村观古镇，
探奇寻觅旧宫。
徽派老屋承古风，
白墙衬灰瓦，
细瞻韵无穷。

祠堂祭祖香火旺，
四世同拜三公。
后人静享前人功。
悠闲门前坐，
笑饮猴魁中。

2013.5.17

豆叶黄　览黄山

险山径曲隐雾中，
岩崖怒耸飞来松。
健步巅峰入翠宫，
景奇惊，
绝叹鬼斧巧神工。

2013.5.18

七律　黄山茶园

群峰喜迎大山迷，
乐此田园未知疲。
挎篓学作采茶女，
惠风伴我踏云霓。

茶岭蜿蜒多逶迤，
幽谷频传牧童笛。
猴魁香润醉无数，
盛赞黄山景无敌。

2013.5.21

清平乐　登黄山有感

黄山大观，
天下谁比堪？
翘首绝顶惊联翩，
怪石奇树穿天。

翡翠坳谷清流，
天都峰云轻柔。
汲取日月精华，
胜景流连回眸。

2013.5.18

采桑子　皖南游

菜花悠香十里雾，
和风碧树。
景观无数，
举步陡山青石路。

奇峰仙姿景致酷，
涧泻飞瀑。
驴友争渡，
放歌皖南吟诗赋。

2013.5.22

七律　游漓江有感（一）

芦笛高耸入画屏，
象鼻山峭传盛名。
烟雨侧畔笙歌婉，
俊江碧透显晶莹。

莫怪老夫自多情，
独爱锦绣桂林城。
千里寻觅吟歌在，
举樽赋诗谁与同？

2013.5.26

七律 游漓江有感（二）

陡壁成削拦江风，
桂城仙境显神工。
久梦欲做漓江客，
而今健步走神宫。

峻山倒影水中生，
江畔稳坐垂钓翁。
两岸奇景观不尽，
只缘身在独秀峰！

2013.5.26

七律　观《印象刘三姐》

壮舞苗歌江上轻，
流火竹排落鱼鹰。
临仙汇聚八方客，
一曲山歌四座惊。

三姐妩媚多柔情，
梦绕魂牵画中行。
桂乡如诗酿醉美，
和谐南疆颂安平。

2013.5.24

七律　夜游桂林两江四湖

壮乡清夜似玉镶，
笑游四湖和两江。
楼台亭榭侧目过，
两岸阑珊奏华章。

柳絮轻柔月如霜，
蓑红裹翠润幽香。
凌波古韵仙娥醉，
轻风嫩烟酿万芳。

2013.5.27

七律　游桂林有感（三）

江上轻烟薄如纱，
孤帆晓望浪之花。
翠林碧叶风雨尽，
静听壮谣惊飞霞。

云低峰远浑如画，
风前万点响琵琶。
娇红欲劝春光驻，
远客笑争宿渔家。

2013.5.28

七律　桃花江之醉

新月初明晓夜辉，
晚云飞度锁香菲。
目断竹排观渔火，
景幽万里长风吹。

妙曲悠歌啼明脆，
风逐水流陶然醉。
雾浓云淡芬流远，
锦绣桃江万芳坠。

2013.5.29

七律　桃花江之夜

激流跌宕涌横波，
轻舟掠过惊飞鸽。
尤为一年春处好，
桃江遥看夜景奢。

峰巅翠屏雁啼多，
锦波如酥潇雨遮。
层林凝碧吟风乱，
瑶琴婉奏三姐歌。

2013.5.29

渔家傲　漓江见闻

又见漓水叶舟飞，
笑看江上春雨霏。
渔家老大频举杯，
虾蟹肥，
丰收满仓悦上眉。

农妇笑逐鱼篓背，
岸上茅屋起烟炊。
生活如荼酿紫瑰，
夜不寐，
芙蓉桂乡尽朝晖。

2013.5.30

七律　雨后桂乡

雨泻晴川湍浪急，
锦屏烟碧飞鸥啼。
朔城如洗春容净，
两岸燕然涌翠霓。

山清霏微榕冠低，
江风嫩寒晚凉袭。
乐尽天真赞景澜，
桂乡春伴踏兰溪。

2013.5.30

鹧鸪天　江上行

饮酒江上且行船，
小醉豪情畅观澜。
仙峰影堕余晖落，
鸥鸟又唤晚晴还。

烟雾朦，小湿沾，
抬眼隐见万重山。
疏雨飞鸿云中藏，
万里激流荡千帆。

2013.5.31

苏幕遮　阳朔抒怀

朔城美，

壮乡行，

碧水如晶，

江上烟波轻。

仙境似梦不觉醒，

美轮美奂，

未来尽憧憬。

彩舟还，

三姐迎，

玉立亭亭。

侗舞壮谣鸣，

欢声笑语忘归行。

一路山歌，

曲曲民族情。

2013.6.2

豆叶黄　西部论坛感怀

大侠相邀入桂门，
论坛励志留话痕。
奋蹄扬鞭妙手春，
酒满斟，
庆功尽欢长醉深。

注：大侠是女企业家孙侠的爱称。

2013.6.2

长相思 桂林游（一）

漓江流，
桃江流，
潺水渐缓总轻柔，
奇景尽回眸。
江上鸥，
湖上鸥，
低飞点水落洲头，
壮乡景致稠。

2013.6.3

长相思　桂林游（二）

远山迎，
近山迎，
山歌妙曲引我行，
三姐喜笑盈。
江上青，
湖上青，
晚霞斜映渔舟轻，
悠扬曲动听。

2013.6.3

七律　赠韩冬梅

花家木兰续本真，
驰骋商海铸金身。
巾帼豪情尚犹在，
未止独啸却狂奔。

不尽善举爱意殷，
拳拳报国赤子心。
笑对人生坎坷路，
冬梅绽放耀乾坤。

注：韩冬梅系中国热心慈善的优秀女企业家、花木兰
基金会会长、中国财智精英会副会长。

2013.6.4

一剪梅 赠孙侠

商场创新铸辉煌，
劈波斩浪，
巾帼榜样。
侠骨丹心助弱忙，
慈行柔肠，
善心激昂。
著书赋诗谱华章，
文采飞扬，
须眉不让。
杰作不尽胜江郎，
大爱铃铛，
笑对沧桑。

注：孙侠笔名铃铛，系中国能源领域里的女企业家。
中国财智精英会副会长、中国作协会员，已经出版十几本
书籍。

2013.6.4

七律　赠左安一

进取何惧畏艰辛，
风雨蹉跎仍笑吟。
洗冤平难从头越，
续写辉煌总欢欣。

难忘精英后天亲，
散尽千金涕感恩。
安一图强中国梦，
佳话悠传耀古今。

2013.6.5

七绝　游香山双清别墅

雨歇初探双清墅，
云腾缭绕半山雾。
小景何以成圣地？
江山始于此石路。

2013.6.6

七律　香山感怀

鬼见愁迎登山迷，
高歌猛进自奋蹄。
绝顶风光无限好，
敢与顽童并猎奇。

开拓犹如崎路迤，
未到香炉却汗漓。
攀登不畏石道险，
烟雨山岚总披靡。

2013.6.6

七律 碧云寺

千年古刹碧云宫，
哼哈二将欲逞凶。
殿堂依山层叠起，
山门石狮镇西东。

枯藤老树角楼空，
巍峨耸立万年松。
幽泉潺源长亭过，
禅寺傲然仙境中。

2013.6.7

七律　登香山有感

香炉峰隐绿波间，
总引驴友竞登攀。
碧云暮合幽相对，
万叶千树花竟堪。

层林尽翠云山翻，
空谷万籁境成仙。
风竹轻晓烟如许，
缕缕柔肠寸心丹。

2013.6.8

渔家傲　雨登香山

香山雾锁雨丝浓，
信步崎路几多重。
黄栌层层叶渐红，
望无穷，
树碧草青郁葱茏。

乱云飘裹香炉峰，
剑指苍穹却跃空。
燕脉秀岩裹西风，
其乐融，
巍巍群山愈峥嵘。

2013.6.8

江城子　香山情怀

山风掠拂偶觉寒，
溪水潭，泉流潺。
细雨无声，润育此山峦。
幽廊阁静花影重，
层林厚，尽纷繁。

拾阶健步众评谈。
碧云禅，拜前贤。
中山衣冢，肃穆敬超然。
吟诗忘情缥缈中，
香炉峰，万景斓。

2013.6.9

渔家傲　携手

晚云从容竞飞渡，
携手漫步林中雾。
聚散依依须重诉，
长凝目，
岐路遥遥度朝暮。

雨露长润芳翠树，
良宵醉梦盼永驻。
忍却归途再眷顾，
情如瀑，
难忘今朝共鸣处。

2013.6.10

七律　端午节感怀（一）

先贤愤躯汨罗沉，
壮举传世堪绝伦。
一代宗师黯然去，
铮铮傲骨却永存。

悠悠离骚留诗痕，
千古绝唱育后人。
彩舟香粽寄情思，
告慰屈公祭忠魂。

2013.6.11

七律　端午节感怀（二）

缅怀屈公祭汨罗，
千古佳话竞相说。
蒲酒香粽又端午，
谁知先贤故事多？

笑对生死岂畏缩，
汨水悲悼泪滂沱。
壮士风骨今犹在，
骚歌已成耳畔唆。

2013.6.12

采桑子　端午节感怀

汨江流湍隐冤魂，
端午时节，
诗兴难绝，
先贤情怀世代学。

酒美粽香祭屈公，
英魂续写。
扶正祛邪，
喜看华夏多豪杰。

2013.6.12

采桑子
出席郎朗《青年盛典中国梦》
大会有感

曾经苦做钢琴郎，
难得辉煌。
再铸辉煌，
盛典励志筑梦忙。

清华学园桃李芳，
学子铿锵。
爱国图强，
中华崛起少年狂。

注：由著名钢琴家郎朗发起并主办的〈青年盛典中国
梦〉励志大会，此次大会在清华大学举行盛况空前。

2013.6.14

菩萨蛮　自嘲

六十余载堪回眸，
历尽艰辛尽绸缪。
名利烟云过，
莫计功与错。

走遍天涯路，
阅尽奢华酷。
人生须感悟，
我欲重飞渡。

2013.6.15

采桑子　赠于文德

午夜豪迈诗情激，
文采横溢。
德品正气，
傲骨丹心献厚谊。

肝胆披沥行侠义，
性格刚毅。
诙谐妙语，
潇洒人生悟真谛。

2013.6.18

七律 赠晓光大哥

独立巴蜀躲天关，
辣风难隔苦日闲。
泪断牵魂怨离忧，
何不长聚两相安。

晓梦一醒展愁颜，
却疑身在兄弟间。
遥望天府横窗瘦，
企盼孤燕归巢还。

2013.6.19

七绝　乡愁（一）

晓月总是故乡圆，
独处他乡酒不甜。
关山难隔亲情在，
魂消思断晚梦寒。

2013.6.20

七绝 乡愁（二）

长醉未了望乡愁，
相思尽在杯中留。
异域深知独处苦
云断雨收返京楼。

2013.6.21

七律
观《艰难爱情》有感（一）

往事难遗旧笑风，
漂泊人生各西东。
落花微雨两闲忧，
蹉跎一世尽瘁躬。

新开一夜寒舍空，
奈何佳人却无踪。
端午独吟飘零曲，
相思梦语话苦衷。

2013.6.22

七律
观《艰难爱情》有感（二）

相逢恨就知音晚，
酒逐情沸小醉满。
邂逅撩羞浑无语，
无奈痛悔涌杂感。

盼就佳人成遥返，
幽窗冷雨孤灯寒。
莫怪人生情无常，
只怨忧君桃花浅。

蝶恋花
观《艰难爱情》有感（三）

艰难爱情成苦旅，
独酌成醉，
相思知几许？
朝夕对泣谁曾与，
不尽万千断肠语。

檀郎欢聚成空喜，
他乡飘零，
那堪梳愁缕。
莫道今宵无相倚，
无奈悲情泪如雨。

2013.6.22

忆秦娥　香山行

香山媚，
漫步此山堪相慰。
堪相慰，
芳草茵茵，
亭阁交辉。

层林依旧沁心肺，
云遮雾绕万芳翠。
万芳翠，
泉涌溪满，
我心欲醉。

2013.6.24

忆秦娥　赠某公

爱渐枯，
苦酒浓淡未止哭。
未止哭，
红袖散落，
痴情难书。
往事缠绵情路孤，
滔滔过眼云与雾。
云与雾，
唯君昔叹，
残留锦屋。

2013.6.25

钗头凤　精英爱情

男前卫，女妩媚，
精英聚首相亲会。
情义缠，话语绵。
千里婵娟，
万年共眠。
甜！甜！甜！

杯交醉，人相偎，
三君笑得美人配。
情路漫，永结伴。
好合百年，
众人赞叹。
盼！盼！盼！

2013.6.26

钗头凤　郊游白河川

盘山道，云中绕，
精英结伴闯山坳。
溪水满，轻舟泛。
激流勇进，
歌洒两岸。
赞！赞！赞！

人扮俏，尽欢闹，
相拥相抱似年少。
梦已燃，心如磐。
追逐精彩，共赴惊澜。
绽！绽！绽！

2013.6.27

七律　再游白河川

河如玉带峰如屏，
奇山秀川暂无名。
峭岩空翠润如酥，
锦绣白河照船红。

林浓草厚夏蝉鸣，
百里长滩半日风。
余晖烟歌秀水长，
独有花乡最月明。

2013.6.27

七律 赠鸠山首相

京都话别惜分手，
寒舍今又重聚首。
钓岛纷争愤谈中，
共诛安倍跳梁丑。

正义伸张斥日酋，
欲破坚冰逞风流。
鸠山卿相功名震，
中日友好垂千秋。

鸠山首相5月23日在京都饭店宴请作者和财智精英会访日一行。今天鸠山首相携夫人来作者寓所做客，并在作者的法拉利跑车上题写"友爱"一词。

2013.6.28

七律　为鸠山幸贺寿

精英齐聚贺寿稠，
玫瑰簇簇浓情投。
良缘结得千秋颂，
伉俪好和度白头。

携手辅佐助日酉，
纵使卿相跃层楼。
诗赋七律赠女贤，
幸子佳话万古留。

注：鸠山幸系鸠山由纪夫首相的夫人。在财智精英会
会所度过她的生日。

2013.6.28

长相思　登攀

石道弯，
水道弯，
山映斜阳水接天，
湖影涟漪宽。

枝色丹，
叶色丹，
阅尽芳姿心始安，
进取勇登攀。

2013.6.29

谒金门
观《烟雨濛濛》有感

泪眼流，
情深孤寂空柔。
未应羞见上西楼，
美人心上揪。

相思愁凝双眸，
痴意逝去难留。
无奈落花望冷秋，
憔悴对月钩。

2013.6.29

长相思
贺张华敏演唱会成功

歌扮靓，
人扮靓，
华敏引吭尽高唱，
掌声似潮浪。

情高涨，
意高涨，
粉丝歌迷呼声亮，
群情纵欢畅。

2013.6.29

调笑令　忆慈母

洒泪，
洒泪，
慈母一生颠沛。
育儿茹苦含辛，
感恩哺育难寐。
寐难，
寐难，
忆昔难挽思澜。

2013.7.2

阮郎归　水牛石相亲聚会

水牛石内频举杯，
夕阳映晚晖。
小池夏露双燕归，
宾客神采飞。
玫瑰娇，
贺声沸，
缠绵沁心肺。
对对新人堪相慰，
精英佳丽配。

2013.7.2

谒金门　相思

秋微寒，
独立孤灯窗前。
瑟风伴雨夜难眠，
心潮泛波澜。
相思浩渺连天，
不堪别情缠绵。
芙蓉凋零憔容软，
思绪飞弄晚。

2013.7.2

采桑子　赠王莉

星途坎坷何生畏，
知难不退。
却先折桂，
铸就江姐未陶醉。

坦诚睿智善心慰，
美似芳卉。
贤达淑惠，
蓝图锦绣堪自绘。

注：王莉是空政著名歌唱家，江姐的扮演者。

2013.7.2

渔歌子　畅游什刹海

什刹海水碧涟清，
湖上点点坠月星。
琴声伴，
同舟行，
精英笑叙后天情。

2013.7.2

七律　畅游前海

暮色余晖映月钩，
湖清水碧隐鱼悠。
瑶琴弹就东风晚，
朱阑岸柳眼底收。

什刹酷暑盼惊秋，
午夜风爽鸣蝉休。
谈笑欢丛诗画中，
不负夏盟荡轻舟。

2013.7.2

长相思　畅游后海（一）

湖水清，
雨水清，
精英同舟闹声鸣，
波光映晚晴。

前海行，
后海行，
温馨笑语溢满庭，
后天亲人情。

2013.7.2

长相思　畅游后海（二）

快橹摇，
慢橹摇，
湖上轻舟荡歌谣，
精英旗帜飘。

人妖娆，
景妖娆，
相拥相爱倚船艄，
侧影月色撩。

2013.7.2

调笑令　畅游后海（三）

薄雾，
薄雾，
岸畔倦鸟栖树。
后海不夜欢歌，
星光闪烁垂暮。
暮垂，
暮垂，
月下情侣相随。

2013.7.2

调笑令　夜游什刹海

酷夏，
酷夏，
精英聚会什刹。
轻舟湖上纳凉，
又传新人佳话。
话佳，
话佳，
深情手挽臂挎。

2013.7.3

调笑令　贺李小琳讲演成功

精彩，
精彩，
嘉宾无限感慨。
小琳优雅震撼，
豪迈弘扬母爱。
爱母，
爱母，
感恩铭心刻骨。

2013.7.3

一剪梅　赠常昊

黑白之间尽畅游，
睿智绸缪，
不惧棋酋。
挑战群雄再封侯，
历尽刚柔，
足智多谋。
奋勇拼杀苦追求，
跃上层楼，
更胜一筹。
围坛堪称孺子牛，
壮志必酬，
光耀神州。

2013.7.4

豆叶黄　再游什刹海

什刹水清众舟争，
雏鸭缠绵戏和风。
碧湖偶传嬉笑声，
畅谈中，
夜幕渐垂舞华灯。

2013.7.5

长相思　赠歌手刘媛媛

歌火红，
人火红，
天籁悠曲赞声浓，
美誉筑光荣。

欢声隆，
掌声隆，
音喉一展破万重，
星途愈峥嵘。

2013.7.5

长相思　武夷行

涧水清，
溪水清，
曲径花丛燕飞轻，
处处草木菁。

高山青，
层林青，
松涛叠翠伴我行，
晓风映月明。

2013.10.25

七律　赠安泽嘉

安然走过艰辛路，
泽润天下未止步。
嘉年华夏齐声贺，
与时俱进锋芒露。

时不我待重飞渡，
聚财聚人总相睦。
进取当年豪气在，
我吟小诗七律赋。

2013.7.6

太常引　精英盛会

精英会聚百家来，
济济皆人才。
激情涌胸怀，
群雄聚首献众爱。
财智盛会，
翘楚云集，
善举愈澎湃。
筑梦不懈怠，
继往开来竞豪迈。

注：财智精英会是由作者2012年创办的由百名中国企业家精英组成的企业家俱乐部。

2013.7.6

如梦令　赠朱国凡

国凡做事坦然，
从不阔论空谈。
创健康伟业，
养生再掀惊澜。
非凡，
非凡，
独步震撼"足坛"。

2013.7.6

豆叶黄　赠乌兰图雅

艺路长漫蕴苦辛，
拳拳报国乡梓殷。
草原沁透蒙女心，
天籁音，
乌兰豪情洒乾坤。

2013.7.6

长相思　赠韩磊

歌之魄，
惊之客，
艺坛称王亦显赫，
华夏共庆贺。

爱心澈，
情之彻，
善举悠悠助众乐，
愿人同凉热。

2013.7.8

长相思
《北京爱情故事》观后感

夜不寐，
昼不寐，
红颜缠绵思绪沸，
长梦痴心碎。

情颠沛，
意颠沛，
感伤愁肠话兴废，
凭栏垂双泪。

2013.7.8

长相思　赠陈京生

长路漫，
却璀璨，
传媒鏖战众人赞，
商旅堪模范。

心向善，
百人伴，
诚信做事成典范，
硕果花怒绽。

2013.7.8

豆叶黄　赠戴志诚

志诚笑赋愈升华，
成绩斐然获众夸。
华夏遍开幽默花，
纵横跨，
曲坛驰骋谱神话。

2013.7.8

豆叶黄　赠刘伟

刘伟相声不平凡，
笑遍东西和北南。
台上台下掀惊澜，
纵纷繁，
美名斐然冠曲坛。

2013.7.8

长相思
《双城生活》观后感

夜茫茫，
日茫茫，
秋阳藏却雾雨狂，
情结小城旁。

惜流芳，
怨流芳，
牡丹秋香话苍凉，
恋歌亦倾肠。

2013.7.9

豆叶黄　赠周炜

周炜志高欲远飞，
做人做事总谦卑。
济困助人掏心肺，
众望归，
笑声豪迈换春晖。

2013.7.8

渔歌子　赠左伟

左伟拼搏情激昂，
亚北倾力盖新房。
汗水沁，
意志强，
广厦成行尽琳琅。

2013.7.9

渔歌子　赠喻川

聚拢精英同为伍，
健康产业绽巴蜀。
图飞腾，
闯天府，
喻川绘写英雄谱。

2013.7.9

七绝　赠孙国庆

国庆有志再攀峰，
为人处世亦谦恭。
乐善好施扬长去，
名利虚荣看淡空。

2013.7.10

渔歌子　赠李辙

李辙图强工作狂，
金海湖畔展辉煌。
齐声赞，
再飞翔，
领军稳坐地产王。

2013.7.9

长相思　还乡

秋雨茫，
潇雨茫，
故土难忘今还乡，
与君话暖凉。
杀猪忙，
宰鸡忙，
老友围坐论小康，
佳肴共品尝。

2013.7.10

渔歌子　赠张丽英

善举频频却无闻，
健康产业揽重银。
不懈怠，
勤耕耘，
精英源自内蒙人。

2013.7.10

渔歌子　赠李海峰

侠骨豪情数海峰，
搏击不倦勤自耕。
精英情，
拒平庸，
力排众难百人称。

2013.7.10

长相思　赠许戈辉

心飞翔，
爱流长，
倾心公益不彷徨，
济困亦经常。

热心肠，
善心扬，
扶贫大事胸中藏，
戈辉善行忙。

2013.7.10

豆叶黄　赠纪惠霞

昌平清秋润惠霞，
做人做事亦无瑕。
商旅征途勤摸爬，
细观察，
嘻哈风韵总豁达。

2013.7.11

渔歌子　桃花源

桃源故里娇艳浓，
梦醒时分醉花丛。
望憬憧，
掠飞鸿，
依旧葱茏尽芙蓉。

2013.7.11

沁园春　精英会礼赞

精英聚汇，瑶轩共建，润泽心田。
后天情如磐，精神家园；励志登攀，共踏惊澜。
檀心众唤，胜似亲眷，携手群英同欢颜。
扬千帆，装点此江山，沥尽胆肝。

午夜耕耘诗园，善举绵延图强梦燃。
相知百人伴，温馨洒遍；
助人不倦，爱心齐赞。
巧绘宏卷，磨砺万千，蹉跎沧海化桑田。
同悲欢，财智付神州，豪迈心丹。

2013.7.13

念奴娇　精英远航

凭舷远眺，波光闪，浩瀚无垠浪扰。
财智大旗，逆风飘，闯海英姿气豪。
极目狂飙，海阔船渺，峰波巅谷抛。
壁岛如削，偶见惊飞鸥鸟。

海涛奔涌呼啸，疾风雨潇，浪耸掠帆梢。
踩波踏礁搏击浪，健儿怒海弄潮。
云浓雾绕，海疆妖娆，浪遏逐飞高。
须看今朝，精英独领风骚。

2013.7.13

南歌子　日出

海上观日出，
喷薄一缕红。
浪花落溅染碧空，
惊涛飞鸿振翅愈从容。

仁川海上行，
巨轮似皇宫。
船舷甲板歌声洪，
美轮美奂赞叹不言中。

2013.7.14

南歌子　夜航（一）

凭栏幽深处，
夜航燃梦蓝。
远渡仁川赴大韩，
老友新朋举杯共笑谈。

依约晓月里，
倾情倚船舷。
华灯初上景纷繁，
追梦海上无惧起惊澜。

2013.7.14

南歌子　夜航（二）

晓月伴夜航，
偶见鸥鸟翔。
舱内腾沸温馨荡，
翩翩起舞群情尽欢畅。

精英情激昂，
欢歌甲板上。
遥看星光海天茫，
我心飞扬逐波踏浪狂。

2013.7.14

南歌子　赌船

美酿配佳肴，
欲止却又馋。
流连忘返亦畅然，
灯红酒绿霓虹频频闪。

百家乐试手，
闲来偿赌感。
现代科技造大船，
奢华极致安享润梦涵。

2013.7.14

长相思　赌场有感

兴致浓，
情致浓，
赌场小试盼运红，
输赢都从容。

骰玲珑，
牌玲珑，
无奈皆是害人虫，
此处最繁荣。

2013.7.14

如梦令　黄海行

晴海放眼观涛，
精英齐聚船桥。
夜雨凉风骤，
惊起一行鸥鸟。
弄潮，
弄潮，
远海方显娇娆。

2013.7.16

潇湘神　游船小抒

浪拍舷，
涛拍舷，
浩瀚海水一抹蓝。
鸥鸿点点惊飞处，
晚霞余晖照日残。

2013.7.16

调笑令　仁川

仁川，
仁川，
海上竞渡千帆。
天然良港繁忙，
驻足翘首远望。
望远，
望远，
不夜美景饱览。

2013.7.16

七律　游仁川有感

仁川登陆举世撼，
万众生灵陷涂炭。
战争惨训须铭记，
和平一统庆圣诞。

战后重建绩惊叹，
亚太崛起刮目看。
经济腾飞一小龙，
北南共拆三八线。

2013.7.16

长相思 醉染

佳酿满，
勤换盏，
美食琳琅似博览，
佳境渐有感。
酒未酣，
激情绽，
交杯三巡欲醉染，
狂欢怨夜短。

2013.7.16

一剪梅　精英战赌船

赌船鏖战亦犹酣，
百家乐翻，
轮盘玩转。
筹码堆积渐展宽，
江榕稳健，
子涵反弹。

喜获丰收乐笑欢，
丽英大赚，
文德冒汗。
京生战绩堪赞叹，
李伟震撼，
冬梅初绽。

2013.7.16

长相思　狂欢

霓虹闪，
夜斑斓，
甲板狂欢不觉寒，
悠扬曲频传。

舞姿绵，
歌声漫，
对对时尚痴女男，
温情脉脉含。

2013.7.16

豆叶黄　霞晖

波涛惊浪溅雾纱，
船昂首翘映晖霞。
花鼓未歇催玉花，
景如画，
新词吟赋洗铅华。

2013.7.16

长相思　船上激情

激情燃，
豪情燃，
精英情泻亦无拦，
甲板倾心谈。

思微澜，
意微澜，
难忘船游旅大韩，
前行心如磐。

2013.7.17

豆叶黄　赌船

浩瀚海天望月轩，
赌场午夜鏖战酣。
输赢皆为心欲贪，
贪欲删，
不为所动最心安。

2013.7.17

钗头凤　首尔行

曙光照，逛明道，
畅游首尔街市俏。
景纷繁，贯北南。
满目琳琅，
购物狂揽。
娄！娄！娄！

山妖娆，水环抱，
汉江浩淼穿城绕。
花绚烂，景斑斓。
小城繁荣，
大韩浪漫。
恋！恋！恋！

2013.7.17

一斛珠　精英颂

余晖初落，
精英豪情怅寥廓。
后天亲人含情脉，
可泣可歌，
巍巍雄心魄。
耕耘不止求追索，
鏖战激流勤开拓。
进取何时惧蹉跎？
风雨前行，
志在海天阔。

2013.7.18

豆叶黄　精英赞

精英何物堪珍贵，
后天亲人应为最。
相知相随紧依偎，
热血沸，
敢为亲情献胆肺。

2013.7.18

一剪梅　良宵

共此良宵相遇偶，
刚下轻舟，
又上层楼。
佳丽如云皆靓友，
腰纤似柳，
樱唇红透。
笑饮弦歌交杯酒，
香茗醉柔，
情浓意稠。
瑶台轻挽香酥手，
再盼聚首，
魂舍相守。

2013.7.19

豆叶黄　游荷花市场

什刹景酷别洞天，
小店林立酒幌翻。
荷花青莲竞茂繁，
细观瞻，
街市琳琅幻万千。

2013.7.19

一剪梅　精英文化

豪情惊绽斗酒酣，
不怨杯贪，
晓醉频干。
景俏佳酿神来篇，
欲学诗仙，
谁人纠偏？
午夜心飞爬文山，
情泻笔端，
吟诗三千。
精英百余齐登攀，
相照胆肝，
众心愈丹。

2013.7.19

长相思　畅游后海（一）

海水清，
湖水清，
精英同舟闹声鸣，
共叙手足情。
前海行，
后海行，
温馨笑语众心凝，
丹青伴月明。

2013.7.19

一剪梅　水牛石相亲

水牛石内相亲宴，
花浓烛暗，
温馨浪漫。
杯盏交错真情见，
齐声贺唤，
夜半语喧。
姻缘喜结众人盼，
女靓心丹，
男郎不凡。
连理并蒂花怒绽，
同渡彼岸，
共浴璀璨。

2013.7.19

一剪梅　船过银锭桥

轻舟慢过银锭桥，
缓把橹摇，
频把手招。
岸畔熙攘人如潮，
街市喧闹，
满眼酷俏。
琵琶声悠湖上绕，
歌环水抱，
情满船艄。
酒幌招摇霓虹照，
缤纷影罩，
夜色妖娆。

2013.7.19

七律　什刹海

什刹海阔碧如镜，
荡桨扁舟过银锭。
野鸭湖心戏水晚，
岸柳缠绵湖中映。

遥望行云似彩屏，
处处笙歌伴晚晴。
轻舞杨花迎客棹，
莲荷应羞闭月庭。

2013.7.19

贺圣朝　前海行

湖上夕阳映清潭，
翠屏秋韵含。
烟雨弄晴银钩意，
岸畔柳丝缠。
微水飞鸿，
轻舟悠泛，
棹歌瑶琴漫。
霓虹劲闪凝空碧，
一展芳容扮。

2013.7.19

鹊踏枝　游荷花市场

什刹海畔荷花绽，
暗香弥漫，
野鸭湖心转。
细雨初收烟云散，
遥望水天轻舟泛。
街市喧嚣八方赞，
喜笑颜开，
繁荣尽两岸。
又见笙歌街舞伴，
余晖斜照飞霞遍。

2013.7.19

醉桃源　夜景

萍碎绰处晓月依，
和风拂岸堤。
莲荷初绽破清漪，
星坠彩云低。
夜朦胧，
烟波里，
潇雨翠壁起。
遥盼佳人正可期，
良宵谁相倚？

2013.7.22

中兴乐　后天情

树碧花繁争艳深，
燕舞莺啼缤纷。
精英群，
与共，
同飞奔 。
千杯酌满对樽斝，
莫等闲，
齐心共进。
一往，
后天情真。

2013.7.22

酒泉子　芳尘

白水河畔，
莺啼燕舞闹声伴。
娇娆花草怨迟春，
回首总留痕。
响凝空碧美入神，
满庭清昼棹歌吟。
江湖醉眼对芳尘，
清芬逝骚魂。

2013.7.22

相思令　赠爱孙

核桃亲，
拥抱紧，
咿咿呀呀学发音，
爷孙共开心。

天伦乐，
爱心殷，
叮嘱小女照顾频，
莫让哭声勤。

注：作者外孙爱称"小核桃"

2013.7.22

醉桃源　追求

精英无处不风流，
图强亦刚柔。
中国梦筑志必酬，
奋发苦追求。
寸心丹，
众志投，
豪情贯九州。
驰骋挥鞭战激流，
前行志不休。

2013.7.24

采桑子　赠王涛

王涛挥拍无惧怕，
几度拼杀。
几度荣华，
奥运逞强添锦花。

鏖战方台勤披挂，
汗如雨下。
泪如雨下，
乒乓英雄耀华夏。

2013.7.23

采桑子　为友人题照

晓月清夜伴思稠，
几多情投。
几多离愁，
无奈孤身居深楼。

常有幽梦锦难收，
爱上心头。
恨上心头，
一往忧绪莫回眸。

2013.7.24

谒金门　漫步白河川

天将晓，
露雾润湿岸草。
河畔风微裹雀鸟，
水上云烟缈。
林密苔滑树茂，
拾阶蜿蜒小道。
闲情漫步心如潮，
景酷皆妖娆。

2013.7.26

调笑令　沙漠探险

风卷，
风卷，
漫天黄沙迷眼。
大漠茫茫无际，
自驾闯滩探险。
险探，
险探，
精英豪情无限。

2013.7.27

思帝乡　忆昔路

忆昔路，
艰难亦无数。
创业坎坷茹辛，
勤致富。
如今甘来苦尽，
全力赴。
再创骄人绩，
步未驻。

2013.7.27

调笑令　沙漠暴走

风吼，

风吼，

驴友集结暴走。

荒原狂沙横披，

征途无奈眼迷。

迷眼，

迷眼，

夜半无畏路赶。

2013.7.27

望梅花　赠成方圆

成名源自歌丽，
方知拼搏不易。
圆歌亮喉贯清秋，
歌迷盛赞美誉。
靓人靓歌谱传奇，
依然扬鞭奋蹄。

2013.7.28

望梅花　赠刘敏

军旅舞后刘敏，
桃李蔚然成荫。
国舞振兴求同卉，
将星辉耀古今。
育人育舞付苦辛，
耕耘不止心殷。

2013.7.28

望梅花　赠刘谦

刘谦魔术逞狂，
掌中百变琳琅。
亦真亦假创奇幻，
无中生有繁忙。
翻云覆雨千秋藏，
中华儿女图强。

2013.7.28

望梅花　赠唐国强

演技堪绝当国强，
再现领袖续辉煌。
挥斥方遒激情昂，
指点江山忙。
大家风范秀中藏，
众赏不自狂。

2013.7.28

清平乐　感悟

吟诗无数，
苦觅书中路。
诗言宏志堪深悟，
人间万感朝暮。

催开理想花苞，
陶冶儒雅风骚。
传承今古文化，
激扬爱国情操。

2013.7.29

清平乐　心绪

孤坐烛前，
诗作又几篇。
笔耕不断格子间，
难抑诗意绵。

心绪飞越沙洲，
化解无数苦愁。
领悟人生真谛，
风雷眼底尽收。

2013.7.29

豆叶黄　为外孙小核桃题照

核桃犹如俏嫩芽，
处处好奇眼频眨。
稍不如意童泪洒，
稚无瑕，
长大定会闯天涯。

2013.7.29

谒金门　新苗

核桃到，
外公争相拥抱。
紫裤蓝袄小红帽，
一副俊容貌。
怪样频出弄俏，
逗人不时暴笑。
犹如破土露新苗，
未来路遥遥。

2013.8.1

望梅花　赠刘长乐

商界奇才独长乐，
运筹帷幄酿妙策。
卫视传媒纷生色，
凤凰网络热。
功绩卓著彰显赫，
众友同道贺。

2013.8.2

望梅花　赠王奎荣

影视硬汉数奎荣，
角色百变不雷同。
"好人""坏蛋"皆生动，
粉丝万千众。
人生淡定亦从容，
铮铮是梁栋。

2013.8.2

望梅花　赠姚明

姚明球场多彪悍，
欢呼呐喊球艺湛。
扬威中外皆点赞，
辉煌亦再现。
孜孜不倦爱心献，
善举从未断。

2013.8.2

采桑子
为午夜灵魂诗社题照

同心舞文激情昂，
迷恋书香。
陶醉书香，
夜半诗意搅梦乡。

文采豪情著篇章，
诗也流芳。
人也流芳，
精英与共耀华邦。

2013.8.2

后庭花　沙漠飙车

寒更雨歇飙车忙，
你疯我狂。
不惧颠簸飞尘扬，
翻沙越浪。
崎路穿堑跨险障，
精英豪放。
高歌猛进众虎将，
群情激荡。

2013.8.2

后庭花　赠王贵玉

浪迹天涯四海家，
图腾华夏。
赤手拼搏汗泪洒，
业绩可嘉。
驰骋燕赵纵横跨，
弓箭未挂。
戎马商场似顽娃，
不负年华。

2013.8.5

调笑令　云飞

云飞，
云飞，
晓月夏夜生辉。
蝉鸟隐叶啼微，
星光闪烁风追。
追风，
追风，
傲视暮色群峰。

2013.8.6

河渎神　观《艰难爱情》

淅淅凌潇雨，
花前折柳谁取？
施粉细描盼旧侣，
无奈相思千缕。

残芳相忆几时期？
天涯挣扎苦旅。
终日孤久长忆，
唯有月下独语。

2013.8.6

豆叶黄　赠周丽莉

丽人丽事丽垫床，
莉蕴莉香莉庭芳。
海阔天高任飞翔，
丝柔芳，
腾飞依旧爱心藏。

2013.8.6

减字木兰花　游纳帕溪谷

满目葱娇，
花簇怒绽尽窈窕。
鸟鸣蝉叫，
洋房隐在花丛道。
蛙吵鸭闹，
湖畔薄雾轻缭绕。
展尽妖娆，
乡景堪绝独自好。

2013.8.7

如梦令　心沸

峰峦连绵叠翠，
一泻涧泉清沛。
枝头跃双雀，
余晖斜照妩媚。
心沸，
心沸，
谁复倦客秋醉。

2013.8.7

减字木兰花　游百花山

清晓飞渡，
千峰锦绣惊鸥鹭。
相邀何处？
轻吹暗飘万芳瀑。
绚烂夺目，
翠凝争艳百花妒。
秋韵莫误，
景酷始复留君住。

2013.8.7

调笑令　途归

风微，
风微，
徐徐伴我途归。
暮雨思乡愁消，
头梢掠过燕飞。
飞燕，
飞燕，
俯瞰新楼一片。

2013.8.9

调笑令　怀旧

迷误，
迷误，
故人今在何处？
催人无尽怀旧，
寻遍街边小路。
路小，
路小，
往事依然纷扰。

2013.8.9

调笑令　赠友人

挚友，

挚友，

不畏路险山陡。

纵横大江南北，

依然伴我同走。

走同，

走同，

越发意深情浓。

2013.8.9

七律　赠蒋大为

桃花盛开展风骚，
驼铃依旧响今朝。
路在脚下保边疆，
牡丹之歌谁能超。

一身正气肝胆掏，
赤子侠情热血抛。
歌王美誉应无愧，
神州唱响赞誉高。

2013.8.9

七律　赠张纪中

古装史戏堪称绝，
荧屏唯美撼视觉。
场面宏大自雄鸣，
童叟齐声赞誉迭。

戏里戏外人之杰，
做事铿锵不妥协。
拼命三郎导戏狂，
时而嘻哈也诙谐。

2013.8.9

调笑令　赠外孙

嫩芽，
嫩芽，
李门喜添新娃。
举家欢呼雀跃，
虎头虎脑快爬。
爬快，
爬快，
未来必定豪迈。

2013.8.9

江城子　觅旧踪

幔亭山影渐起风。
润碧浓，似翠宫。
树绿林青，高耸入晴空。
携来八方客倾城，
觅旧踪，景憧憧。

深谷清悠陶醉中。
亲人迎，载歌行。
佳境幽致，晓日辉映红。
众生笑谈忆往事，
情谊浓，乐融融。

2013.8.11

鹧鸪天　登攀

翻梁越脊崎道弯，
登高纵览尽踏勘。
跋涉不畏险峰雨，
一揽群山童心安。

景致美，望眼宽，
江峰秋潮脚底穿。
霜微染鬓须努力，
闯荡毕生仍登攀。

2013.8.11

望梅花　赠黄宏

军旅笑星震此彼，
艺术造诣堪梁脊。
人好角好谁能比？
诙谐乐不已。
善举频频爱心溢，
黄宏功成必。

2013.8.11

七律 观《剑侠情缘》有感

苦思相濡悲夜长，
孤灯残烛忆情郎。
泪染面垢谁人语，
娇怨愁绪恨晚凉。

玉减香消寒心藏，
无奈醉语诉衷肠。
昔情旧爱无觅处，
何日盈袖返洞房。

2013.8.11

七律　无忧

激流勇退随闲游，
临高不畏下层楼。
淡泊名利扬长去，
楚天晴川万景酬。

一生狂野欲罢休，
岁晚未敢锁空愁。
功名成败皆不怨，
往事依稀付东流。

2013.8.11

忆秦娥
观《忏悔无门》电视剧有感

月朦胧，
花前柳下又重逢。
又重逢，
缠绵不尽，
泪洒愁容。
飞花相送两心同，
酒醒梦断复从容。
复从容，
相忆牵魂，
旧爱情浓。

2013.8.12

南歌子　醉醒

淡云遮月明，
夜入瑶轩庭。
思绪惊澜望景情，
远观归雁双双飞其境。

渐行觉梦遥，
习风吹醉醒。
良宵侧畔秋千影，
惊闻笙歌缠绵心欲倾。

2013.8.12

江城子　金海湖抒怀

踏山戏水犹未酣。
湖上帆，岭上攀。
扁舟留痕，细雨逐浪翻。
碧波琼树花溪处，
船头坐，垂钓竿。

逍遥人在诗画间。
似境仙，绝比堪。
难得悠闲，远离闹市喧。
乡景无意成新宠，
桃花源，尽腾欢。

2013.8.13

一剪梅　秋

归雁南飞避寒秋，
风也嗖嗖，
雨也嗖嗖。
清韵长伴端溪幽，
水也温柔，
江也温柔。
扬帆点点驾轻舟，
遥望飞鸥，
欲做飞鸥。
闲暇凭栏正无忧，
好景悠悠，
好人悠悠。

2013.9.9

望梅花　赠卢奇

出神入化小平扮，
领袖风范皆再现。
特型角色堪震撼，
艺园花独绽。
圈内圈外赞声漫，
名利都看淡。

2013.8.21

天仙子　再游金海湖

金海湖水烟波浩，
远山近树青林俏。
秋满帆轻飞沙雁，
烟雨罩，
水鸟闹，
临高放眼飞云眺。

清煮湖鱼柴锅灶，
老夫恰似顽童笑。
岭横雾隔话锦绣，
奇景貌，
幽霞妙，
忽见美墅谁人造？

2013.8.13

阮郎归　游金边（一）

佛缘禅韵尽金边，
景致别洞天。
吴哥恢宏敬观瞻，
满目竞奇观。
柬乡美，
众惊叹，
古建皆精湛。
金银阁寺争相赞，
胜景刮目看。

2013.9.5

阮郎归　游金边（二）

巍峨金庙藏敬仙，
处处尽佛龛。
湄公河水川流缓，
轻舟鲜果满。
抬眼望，
卖声唤，
商贩尽两岸。
驻足浏览忘归返，
导游催声漫。

2013.9.5

阮郎归 游金边（三）

洞里萨湖碧连天，
点点缀渔帆。
饱览胜景醉心焉，
油然兴致添。
美金边，
靓金边，
名胜似境仙。
翠幕东风心联翩，
畅想著诗篇。

2013.9.5

一剪梅　游金边（四）

晚秋风光罩金边，
这也佛龛，
那也佛龛。
佛缘处处禅心丹，
供过心安，
拜过心安。
高棉古国赏奇观，
人各万千，
景致万千。
苦辣酸甜品柬餐，
醒也酒酣，
醉也酒酣。

2013.9.6

七律　游金边（五）

九月秋高游柬邦，
揽尽湄公销魂芳。
古都金边翻醉浅，
吴哥圣迹历沧桑。

禅寺幽深忏声扬，
百姓虔诚祈安康。
苦难深重成远去，
天佑高棉福泽长。

2013.9.6

七律 游金边（六）

湄公浪缓彩舟轻，
涟漪泛泛飞鸿惊。
橘柚百果香溢多，
翠鸟悠啼栖紫荆。

碧波荡漾长河清，
两岸尽传叫卖声。
怡景处处观不尽，
心驰神往忘返京。

2013.9.9

调笑令　游金边（七）

金边，

金边，

湄河竞渡扬帆。

香草花丛漫行，

景酷引我步停。

停步，

停步，

妩媚风光处处。

2013.9.9

七绝 参拜大皇宫（一）

巍峨耸立大皇宫，
金亭玉阁耀其中。
柬寨风光独自好，
古乐悠扬细细听。

2013.9.6

七绝　参拜大皇宫（二）

皇宫金碧尽辉煌，
玉隆风御异彩扬。
佛光依照千秋事，
虔诚膜拜盼永祥。

2013.9.6

七绝 参拜大皇宫（三）

皇宫霸气亦称雄，
朝拜人涌敬意浓。
民心所向祭英魂，
柬王依然大紫红。

2013.9.6

清平乐　观金边罪恶馆

魔穴如血，
惨状心魂裂。
残害平民如毒蝎，
红色高棉罪孽。
刑具百般惊怯，
人性全然泯灭。
历史教训记取，
不再重蹈卑劣。

2013.9.6

谒金门　游湄公河

水上舟，
潮头逆水风嗖。
湄公奇景眼底收，
飞花润沙洲。
遥岑远目群鸥，
振翅盘旋闲悠。
精英甲板笑声丢，
舷边浪轻抽。

2013.9.6

归自谣　游傍逊岛（一）

海上雾，
滚滚白浪似花簇，
潇潇秋雨缓缓注。
傍逊岛上轻漫步，
试诗赋，
归自谣赞景无数。

2013.9.7

潇湘神　游傍逊岛（二）

柬乡秋，
柬乡秋，
野丛翠绿绕沙洲。
小岛景娇花正好，
碧树群冠落飞鸥。

2013.9.7

浪淘沙　游傍逊岛（三）

雨后岛上行，
天渐放晴。
又见碧空飞鸟鸣，
众客赞叹芳菲尽，
東女笑迎。

小憩观海亭，
万绿花凝。
恰似孔雀竟开屏，
信步曲径通幽处，
迸发激情。

2013.9.7

浪淘沙　游傍逊岛（四）

飞鸥穿云低，
蝉鸣树依，
飒风轻起遥碧溪。
香草萦回润岛屿，
奇景叹惜。

青嶂迎晨曦，
盎然生机，
点点落花坠入泥。
清影波平浪掀舞，
饱览无遗。

2013.9.7

醉花阴　游傍逊岛（五）

初到傍岛皆竟好，
方知到来少。
歌慵笑堪欢，
天高回杳，
飞鸥惊无吵。

日出赏景须破晓，
更待君行早。
平涛袭堤岸，
浩渺无边，
一揽旭日小。

2013.9.7

七绝　游傍逊岛（六）

椰林深处小店藏，
游客蜂拥生意忙。
柬妹嬉笑迎远客，
隐见猎猎酒旗扬。

2013.9.9

七绝　游傍逊岛（七）

傍逊港湾泛微澜，
仙境妙姿馈高棉。
山巅翠树映碧水，
处处寺庙尽佛禅。

2013.9.9

一斛珠　晚云悠歌

夕阳初侧，
飞霞似火荼暗射。
金风厚露轻注这，
晚云悠歌，
月下倩影绰。
万柳如秀悄羞涩，
雨胭脂透烛光烁。
彤阁共悦何归处，
换盏推杯，
借醉佳诗作。

2013.8.13

七绝　观金边罪恶馆有感

红色高棉尽摧残，
酷刑发指世人寒。
凄凉岁月成往事，
感叹野蛮恨当年。

2013.9.9

豆叶黄　教师节

呕心沥血一生毕，
育人不倦润桃李。
耕耘人生哺大器，
师恩记，
佳节将近诗情寄。

2013.9.9

七绝　贺教师节

欣逢佳节缅恩师，
呕心沥血传新知。
春风化雨润桃李，
岁岁此时学子思。

2013.9.10

七绝　告别金边

金边晨曦紫气升，
湄河疾奔贯西东。
三参四拜结好运，
来年再登大皇宫。

2013.9.10

渔歌子　赠孙江榕

江榕儒商雅气高，
上市整合蕴妙着。
图宏志，
掀狂飙，
摇落金枝涌钱涛。

2013.9.10

八拍蛮　教师节感怀

育人育树学春蚕，
不计得失立讲坛。
喜看春园遍桃李，
栋梁天下心悦澜。

2013.9.10

玉楼春　秋景

潇湘丝雨注如稠，
妖娆藤蔓攀红楼。
花凋遗落飘如梦，
星光隐却剩闲悠。

晓月悠挂晚银钩，
水碧流云入画幽。
莲荷惊绽云山乱，
月霄霜日眼底收。

2013.9.12

七绝　秋实

玉露金风秋乍凉，
紫荆缀枝现惊芳。
春华秋实更迭起，
残花坠地留余香。

2013.9.12

西江月　清景悠长

晚霞余晖残照，
点滴芭蕉渐黄。
硕果香浓采摘忙，
秋韵清景悠长。

远山近树妖娆，
林深蛙鸣鸟唱。
农家小妹山歌漾，
声柔如丝悠扬。

2013.9.13

忆秦娥　七夕（一）

觅芝芳，
七夕同欢逐醉乡。
逐醉乡，
情丝万缕，
思绪千行？

秋夜细语诉衷肠，
玫瑰悄赠柳眉扬。
柳眉扬，
笑度良宵，
共谱华章。

2013.9.13

忆秦娥　七夕（二）

夜如昼，
七夕共赴情心透。
情心透，
艳留眉芳，
心心相扣。

华灯初上丽人秀，
收拾芳心仍依旧。
仍依旧，
共赴婵娟，
爱巢共构。

2013.9.13

忆秦娥　为友人题照

长相忆，
锦书不知何处寄。
何处寄，
芳心孤赏，
泪思无计。

满眼落花秋凋迹，
无奈流水芳残碧。
芳残碧，
独樽凋醉，
故情难觅。

2013.9.13

渔家傲　重游香山

林深树密引重游，
夕阳弄晚鬼见愁。
枫栌香于十月幽，
登翠楼，
万山红遍含月羞。

落絮无声赖风嗖，
湖微水小难行舟。
溪端潺潺花丛流，
好个秋，
临夜又是西风赳。

2013.9.14

渔家傲　西风怨

秋水一抹芳菲现，
绡笼起舞群山漫。
香炉峰茂晚秋乱，
众人盼，
栌叶如荼红装扮。

老树枯藤柳丝暗，
黄菊犹在晚香淡。
野花隐隐碧丛泛，
似梦幻，
鬼见愁峭须细看。

2013.9.14

夜游宫　云霞

闲日倚窗观花，
一池秋水似柔纱。
海棠几度红欲插，
猴魁茶，
润丝滑，
众口夸。

余晖漫云霞，
静湖穿过水上鸭。
黄杏硕果坠枝挂，
俊小丫，
戏鱼虾，
忘返家。

2013.9.15

渔家傲　思母

金秋谁与唠话常，
忌日思娘泪成行。
悲歌曲低不悠扬，
尽悲伤，
忆昔往事断人肠。

陋屋难挡西风凉，
慈母呕心伴寒窗。
堪然回首念恩长，
好儿郎，
不负母愿总图强。

2013.9.16

五绝　中秋节

雨润伴风柔，
残香溢欲留。
花好映月圆，
年深愈情投。

2013.9.19

五绝　中秋思亲

中秋悬明月，
盼共花烛夜。
天涯共相思，
佳节亲情烈。

2013.9.19

五绝　中秋思家

柔秋润万花，
遥夜思远家。
异域酒不香，
归期频指掐。

2013.9.19

思帝乡　白河赞

东风疾，
白河锦绣披。
秀水千里清秋，
湍流急。
树满黄杏硕果，
今非昔。
阅尽天下景，
难寻觅。

2013.9.27

相见欢　贺国庆

华诞到金钟鸣，
共欢庆。
弹指挥间举国紫气凝。
中国梦，
众志城，
图复兴。
不负众望强国兴邦盈。

2013.10.1

七律 赠刘全和刘全利

世上粉丝惊之众，
好人好戏皆称颂。
全和全利比翼飞，
兄弟同著中国梦。

曲坛长青艺风正，
笑洒天下话昌盛。
坊间热赞哥俩好，
夜吟七律诗为赠。

2013.10.2

河渎神　金秋

金秋柳丝举，
细细飘落疏缕。
云烟薄雾朦胧雨，
迎来深趣俏旅。

轻歌妙舞悠扬曲，
谁家婚喜嫁娶？
村姑遥指邻女，
幸福如期如许。

2013.10.2

七律　重游三亚（一）

金秋重燃三亚忱，
琼岛风情梦留痕。
晓月笙歌弄千影，
香翠欲滴染鸣晨。

醉眼遥看海天昏，
美景久别须重温。
笑声涛声堤岸涌，
盛世连年酬声纷。

2013.10.3

七律　重游三亚（二）

十月金秋未许惊，
层峦伏起峰愈青。
海角天涯回眸处，
唤我重回三亚行。

南山北坳尽玉亭，
八方游客笑声鸣。
四季琼乡皆春色，
难忘宝岛芙蓉情。

2013.10.3

一剪梅　重游三亚（三）

秋深重回探琼岛，
偏爱花草，
览尽花草。
三亚美味知多少？
鱼肥胃小，
榴莲美妙。
天涯海角波未平，
浪伴我行，
歌伴我行。
五指山高秋月明，
难忘此景，
难忘此情。

2013.10.4

菩萨蛮　重游三亚（四）

五指山下觅芳草，
风光妩媚依旧好。
晚云千般巧，
夜色景迢迢。

惊涛浪似娇，
海鸟任飞高。
天涯咫尺遥，
金秋度良宵。

2013.10.5

相思令　海秋

浪湍急，
帆争流，
风光依旧碧海悠，
不尽望渔舟。

船舷眺，
见飞鸥，
归巢惜故落幽洲，
清景又一秋。

2013.10.5

虞美人　探秋

香炉老树栖昏鸦，
缥缈雾似纱。
幽幽残阳落雨潇，
归巢南雁飞高韵香消。

林中雀鸟啼不住，
叶红尽如瀑。
年年此时景致绝，
岁岁重阳赏叶迫眉睫。

2013.10.14

一剪梅　往事有感

五指山耸余晖里，
层峰叠起，
香幽鸟语。
萧萧细洒琵琶雨，
景勾若思，
梦遇仙侣。
当年往事知几许？
平生浮世，
高休怎倚。
知音错失盼再遇，
苦忆旧事，
难与寻觅。

2013.10.6

七律　海南赋

远眺海天任凭栏，
难得清秋几日闲。
厚约深盟琼屿游，
胜景梅妆独无言。

狂歌辣舞淡月前，
依旧天籁似当年。
天涯芳菲盼永驻，
云驱锦色润海南。

2013.10.6

减字木兰花　游天涯海角

琼花不谢，
更助阑珊花烛夜。
繁枝茂叶，
鹿城香满溢广界。
出游心切，
美景还须重头阅。
诗意不绝，
浓情长吟南国月。

2013.10.7

归自谣 观海有感

月上悬，
浪断飞潜未觉寒，
怒海狂涛入画蓝。
风雨前行心如磐，
谁能拦？
峰间波谷踏惊澜。

2013.10.7

后庭花　秋登八大处

金风飒飒秋意浓，
霜重叶红。
远山近望却朦胧，
绰绰惊鸿。
登攀情趣乐无穷，
远眺憬憧。
老当益壮跨横峰，
首当其冲。

2013.10.10

长相思　赠胡月

歌之铿，
众之称，
歌坛劲刮西北风，
猛烈撼长空。

音之洪，
韵之浓，
艺途常青赞声隆，
妩媚似芙蓉。

2013.10.9

长相思　赠鸠山首相

叹乾坤，
挽乾坤，
鸠山品真亦独尊，
一衣带水亲。

斥猢狲，
诛猢狲，
力挽邦交盼回春，
无奈日酉昏。

2013.10.9

七绝　励志

欲穷远目寻大千，
东来紫气生晚烟。
高飞须有鸿鹄志，
傲视群雄踏北天。

2013.10.8

调笑令　赠刘晓庆

晓庆，

晓庆，

银屏惊世畅行。

星途坎坷情浓，

博弈苦斗紫红。

红紫，

红紫，

续写自奋青史。

2013.10.9

如梦令　忆慈母

万爱千恩百苦，
疼我孰如慈母。
贫洗筑风骨，
育子如磨铁杵。
无阻，
无阻，
不论寒冬酷暑。

2013.10.9

七律　思母

墓园旧地长飞絮，
霜凋梦断几多绪。
痛悼慈母悲无尽，
残泪鸿归千重去。

掩面不堪愁万缕，
西风独伴断肠雨。
晓窗孤念忆惜事，
夜半空叹诉哽语。

2013.10.9

七律　国庆有感

佳节遥望寄深情，
饮酒长醉话升平。
老矣方兴感余生，
过往岁岁心照明。

曾经炽热化坚冰，
南北征程赖长缨。
创业始信剑路茫，
莫道世间未垂名。

2013.10.9

七绝
有感祭拜人民英雄纪念碑

风雨华诞祭天行，
后人丰碑悼英灵。
中国强梦应笑慰，
英雄有知安睡瞑。

2013.10.9

采桑子　赠杨洪基

放歌神州竞风流，
歌也激昂。
人也激昂，
曲曲军歌为兵忙。

洪基引爆为歌狂，
歌也铿锵。
人也铿锵，
谁敢与君争歌王？

2013.10.10

调笑令　赠洪剑涛

众称，
众称，
角色栩栩如生。
做人拍戏堪绝，
孜孜不倦勤学。
学勤，
学勤，
每每赞誉声频。

2013.10.10

调笑令　赠陈逸恒

逸恒，
逸恒，
德厚戏精心诚。
不惧千辛前行，
爱国爱家浓情。
情浓，
情浓，
荧屏屡创殊荣。

2013.10.10

七律　国庆

十月国花色艳重，
九州欢腾倾城颂。
正值嘉年华诞时，
五谷新穗金盘送。

雨润芬芳秋菊弄，
菖蒲佳酿与君共。
殷邀频举魂销醉，
众志同筑华夏梦。

2013.10.9

七律　赠尤小刚

精心导戏堪称妙，
功成名就不自傲。
坦荡人生绘丹心，
小刚盛名冠燕赵。

台上台下不浮躁，
场内场外皆低调。
屏阔云音创新影，
万众粉丝呼声爆。

2013.10.10

七律 回三亚

霞飞闻莺欲腾冲，
苑陌芳菲照远空。
远山随望西江月，
水云千古拂晓风。

紫荆枝头落飞鸿，
晴峰水阔尽流东。
挚友争叙赋新吟，
百盏不醉茅台中。

2013.10.10

七律　老友聚会

蕉香四溢隐花丛，
纤云弄巧耀碧葱。
大江幽歌归去晚，
老友聚会乡情浓。

烟雨霏微翠千重，
茅台酒烈染醉红。
飞爵豪饮对樽举，
恰似故园梦境中。

2013.10.10

七律　游南山

潇雨一庭润我湿，
海岛新姿似画诗。
放眼南山仙境来，
旧貌新颜君不识。

翘首远望镇海石，
滩沙万点任跃驰。
梦里蛮音天涯好，
椰林碧翠怨来迟。

2013.10.10

七律　赏秋

晚秋始见黄菊开，
红叶纷落掩青苔。
桂园清香悠然在，
赏花不忘前人栽。

霞飞悄然月影来，
观景犹在仰高台。
莫问闲事吟赋好，
只缘胸宽心境白。

2013.10.10

渔歌子　秋韵

秋深染尽霜凝时，
落花凋零坠瑶池。
醉芳影，
赏叶痴，
出墙几多红栌枝。

2013.10.10

江城子　香山雨景

夏雨万花衬碧树，
濛濛雾，
遮晚暮。
峰回路转、涧谷泻飞瀑。
高柳垂荫掩崎道，
日渐远，
星光露。

落日松径人疏赴，
枫山麓，
景无数。
曲径幽深、枝影却重度。
云意愈浓突相厚，
千万丝，
雨悄注。

2013.10.10

渔歌子　赠程冰雪

冰雪惊艳堪美人，
投身财智精英门。
雅韵浓，
且斯文，
孜孜不倦育善魂。

2013.10.10

踏莎行　兴隆行

清秋菊黄，
徐风椰树，
海涛泛起层层雾。
渔帆点点归航急，
绿萍隐现映晚暮。

蕉林飘香，
酷景无数，
八方宾客竹楼住。
兴隆处处欢歌奏，
渐行渐近忘归路。

2013.10.11

南歌子　万宁行

椰风云雨断，
蕉香味远浓。
菠萝蜜甜莲雾红，
涛光叠影飞浪锁千重。

岛民致富忙，
尽在笑颜中。
改天换地夺天工，
凭高望眼芙蓉尽西东。

2013.10.11

相见欢　陵水行

椰林烟雨云低，
望晨曦，
十里波涛浪浪浸海堤。

潮汐涌，
鸥飞急，
骏眉沏，
莺歌燕舞处处景致怡。

2013.10.11

浣溪沙　黎家风情

黎家竹楼矗河东，
五脚猪香绕庭中，
释迦甜蜜荔枝红。

忽见有人雨中行，
邻家阿哥赶路匆，
悄会阿妹诉情衷。

2013.10.11

七律 南海归舟

十月海南山水悠，
极目海天眼底收。
云涛拾翠绽新绿，
落日弄潮涌沙洲。

帆梢点点望归舟，
船旗猎猎掠飞鸥。
观音佛祖潮头屹，
拟向龙宫探海究。

2013.10.11

渔家傲　五指山

五指山下秋水绕，
耶林深处老鸦闹。
南山叠翠晚云俏，
夕阳照，
蕉果香溢青石道。

年年寻踪重又到，
山前水阔晚云傲。
佳景几多争相告，
莫偷笑，
而今迈步仍年少。

2013.10.11

忆秦娥　登香炉峰

勤登攀，
渐行远望香炉宽。
香炉宽，
八面来风，
荡我心轩。
峰顶未到莫下鞍，
奋力直追百尺竿。
百尺竿，
妙墨不眠，
老愈心丹。

2013.10.12

渔歌子 江上行

水碧山苍飞鸟鸣，
轻舟劲歌江上行。
秋雨潇，
碧脂凝，
晓霁云收对月明。

2013.10.12

七律　重阳

残红燕然又重阳，
晚云宜端入嫩凉。
风前夜半凭栏坐，
佳酿猴魁伴蟹黄。

翠微如画隐茅堂，
清秋月下晓酌忙。
借醉缠绵知几许？
殷勤携手暗香长。

2013.10.13

七律　香山赏雨

携来百侣载歌行，
石路悄洒后天情。
红叶渐浓花渐谢，
叠翠秀峦玉脂凝。

胜景尤在雾中成，
精英抒怀恰雨逢。
深谷清幽洗凡尘，
香炉峰耸尽升腾。

2013.10.13

七律　知音

谁解孤家煞苦心，
精英晚秋觅知音。
佳人长路盼相伴，
与君逐梦共甘辛。

难得相知后天亲，
风雨同舟度光阴。
欲问人间何处好？
晚情惜贵胜似金。

2013.10.13

一剪梅　重阳相亲

秋爽月明菊浅黄，
飞入流芳，
香润霓裳。
精英重阳相亲忙，
锦衣琳琅，
同欢醉畅。
鹊驾星桥亦牵肠，
凝处潇湘，
溢美华章。
温柔梦乡盼久长，
君想娇娘，
妹慕才郎。

2013.10.13

醉桃源　秋游颐和园

万寿山高气势磅，
昆明湖水茫。
排云殿上隐佛光，
桂香乐寿堂。
颐园美，
且无双，
瞻殿步长廊。
佛香阁显金碧煌，
恢宏映夕阳。

2013.10.13

醉桃源　重阳

昆明湖畔度重阳，
谐趣赏菊黄。
南湖岛飘金桂香，
陶醉玉澜堂。
湖水宽，
西堤长，
漫步观长廊。
思如流水两浩茫，
我心醉宫墙。

2013.10.13

阮郎归　重阳节

晚秋掠过野菊黄，
登高度重阳。
河山壮美竞颂扬，
先人诗千行。
万古芳，
源远长，
福泽佑华邦。
耀我神州润三江，
不负好时光。

2013.10.14

相思令　秋色

秋菊好，
秋雨潇，
轻舟慢渡银锭桥，
琴声绕船艄。

歌悠扬，
荷满塘，
谐趣什刹芳菲藏，
独绽隐幽香。

2013.10.15

渔歌子　赠廖京生

艺界好汉有京生，
戏里戏外赞誉丰。
勤耕耘，
勇攀登，
淡定人生获众称。

2013.10.17

七绝 瞻拜雍和宫

虔诚膜拜杂念排，
众人企盼大顺来。
悠悠往事皆为去，
悟禅悟缘必成才。

2013.10.18

调笑令　秦川婚礼

牵手，
牵手，
二人情蜜浓稠。
依依相伴朝暮，
真爱厮守白头。
头白，
头白，
众人羡煞青睐。

2013.10.20

渔歌子　赠姜武

影视巨星耀京门，
星辉闪烁亦惊魂。
姜家将，
戏入神，
恒屹圈内堪称臣。

2013.10.19

如梦令　赠吴长楼

长楼人生不凡，
精彩曲折纷繁。
坦荡心怀宽，
善行胸中烈燃。
烈燃，
烈燃，
掀起金融惊澜。

2013.10.21

南歌子　相亲

秋高相亲忙，
慕容觅知己。
自有闻香结连理，
情河激起阵阵泛涟漪。

月明映鹊桥，
牵手度七夕。
佳音频传同欢喜，
笑看鸳鸯对对共飞起。

2013.10.22

七绝　夜游卢沟桥

暮色幽深峰谷丹，
飞梅弄晚秋霜沾。
晓月凭栏霭云低，
万古卢沟佑民安。

2013.10.22

七律　武夷山感怀（一）

九曲回流暂徘徊，
武夷群峰望眼开。
轻风碧溪吹浪去，
仙境岭上飞峙来。

老夫撩发似顽孩，
大王峰下尽畅怀。
登高笑抒鸿鹄志，
来年再登妆镜台。

注：妆镜台是武夷山九曲溪一著名景观。

2013.10.23

七律　武夷山感怀（二）

夜幕浴芳落雨烟，
芊芊瑶草静潭边。
玉树翠庭展新蒲，
一风吹破九曲翩。

峰峦乱云幽花遍，
迟来武夷终生怨。
心有神韵未知疲，
溪上惊秋似画卷。

2013.10.23

七律　武夷山感怀（三）

东风漫卷云争渡，
九曲溪畔景无数。
笑傲独在群峰里，
横翠藏却归家路。

大王峰似擎天柱，
欲劝风光武夷驻。
秋晚共享闲幽趣，
青山岁岁依旧酷。

2013.10.23

七律　武夷山感怀（四）

十月秋高登武夷，
风回万绿竟庭怡。
溪潺水缓争漂渡，
九曲棹歌旷心驰。

遥望高壁妙诗题，
夜雨瑶池涨云霓。
置身桃源感慨多，
愿做农家巧耕犁。

2013.10.23

南歌子　武夷山感怀（五）

纤云弄巧晚，
星飞穿碧树。
花明柳浓暗争渡，
阅尽武夷秋色景无数。

千红万紫艳，
纵观心似瀑。
金风奇景锁玉露，
玉女峰秀惊艳群山炉。

采桑子　武夷山感怀（六）

凌壁绝顶风光好，
秋雨潇潇。
崎路迢迢，
九曲屏山隐红袍。

湍溪泛碧似飞琼，
轻琴谁敲。
茗韵题骚，
笑对江山如梦遥。

2013.10.24

宴清都　香山秋韵

东方天欲晓，欢丛傲，香山赏叶早。

山高林密，道弯石曲，叶如火燎。

晨霜渐湿双脚，登山拂晓心纵好。

拾阶上，急步花径，熙攘人沸鸟吵。

几度欲引诗骚，香浓魂销，劲展情豪。

枫栌醉眼，芙蓉尽满，碧翠如雕。

炉峰景致多娇，望断眼，秋韵妖娆。

更信有、天上人间，心起诗骚。

2013.10.22

豆叶黄　印象九曲溪

九曲溪水似天降，
峰峦影绰轻舟荡。
湖静如镜细无浪，
心悦畅，
金秋陶醉悠歌放。

2013.10.24

新九曲棹歌

百里玉溪百里波，
流芳两岸醉景多。
世人复做九曲梦，
纷来武夷听棹歌。

一曲始航大王峰，
淡云横抹掩涛声。
紫烟缥缈云深处，
幔亭招宴峭西东。

二曲玉女秀奇峰，
岩壁缝痕独擎空。
镜台美景阅不尽，
纵览浴香胜天宫。

三曲溪畔小藏峰，

参天孤耸傲奇松。
山光倒影竹舟泛，
赤壁绝顶撼山风。

四曲湍溪竟漂争，
怪石碧水翠如晶。
卧龙潭水深无测，
飞翠流霞入画中。

五曲竹排溪上轻，
蜿蜒群山荡回声。
隐屏峰聚八方客，
娓娓山歌四座惊。

六曲溪畔奇峰多，
山水雅集生妙歌。
晓夜空阶三更雨，
壁立万仞映清波。

七曲千嶂绕万山，
三峰相迭锁碧滩。
雄姿巍然惊秋韵，

武夷胜景未尽瞻。

八曲陡峰鬼斧般，
峭壁高岩悬古棺。
蛙石水狮卧溪旁，
鼓楼岩好叹止观。

九曲星村郁葱茏，
远观仙境隐微红。
归鸦翩翩飞去早，
回望群峰玉景琼。

2013.10.24

调笑令　武夷山感怀（七）

薄雾，
薄雾，
岸畔倦鸟栖树。
印象武夷欢歌，
星光闪烁垂暮。
暮垂，
暮垂，
月下情侣相随。

2013.10.24

望梅花　九曲溪漂流

九曲水碧载扁舟，
竹篙破水惊飞鸥。
两岸葱茏柳丝柔，
美景眼底收。
险峰如削壁峭陡，
点赞未绝口。

2013.10.24

长相思　游九曲溪（一）

橹快摇，
橹慢摇，
九曲溪上山歌抛，
风卷衣锦飘。
人妖娆，
景妖娆，
老夫开怀笑乐淘，
犹怨酒劲薄。

2013.10.24

一剪梅　游九曲溪（二）

芳菲横溢满川香，
野菊蕊黄，
又见群芳。
日落万峰对大王，
九曲悠扬，
景美共赏。
轻筏击水景致长，
银钩初上，
遥闻歌畅。
碧水翠丛溪波漾，
情怡心旷，
扫尽惆怅。

2013.10.24

长相思　武夷情

峰之迎，
山之迎，
树碧山苍夜雨晴，
林中秋鸟鸣。

溪之静，
湖之静，
薄雾晨风掠池萍，
难舍武夷情。

2013.10.25

渔歌子　赠钟葱

金一光耀文化门，
屡屡创新绩惊人。
志高远，
意深沉，
钟葱领军堪称神。

注：钟葱系金一文化主板上市公司主席。

2013.10.25

醉桃源　自题

一生狂傲未肯休，
壮心绘锦绣。
运筹帷幄渐白头，
不曾名利愁。
携百侣，
四海游，
精英众志酬。
风雨相知共牵手，
雄心重抖擞。

2013.10.25

长相思　赠孙刚

驱惊澜，
战惊澜，
商海刚健不畏难，
名利皆淡然。

人卑谦，
意志坚，
中正不倦勤登攀，
拼搏正犹酣。

2013.10.26

七绝　人生感悟

茫茫剑路喻人生，
壮岁摇旗愈前行。
莫求月下樽前醉，
风口浪巅争输赢。

2013.10.27

调笑令　雨寒

雨寒，
雨寒，
花落娇红纷繁。
小庭清香常绕，
聚友同窗笑谈。
谈笑，
谈笑，
香茗猴魁勤泡。

2013.10.27

采桑子　励志

秋雨入夜难成愁，
壮志未酬。
萦绕心头，
图强奋进梦须留。

进取跨步未曾休，
欲上层楼。
更上层楼，
期许抖擞再风流。

2013.10.27

豆叶黄　赠李玲

精英美女数李玲，
吟诗妙语话晶莹。
艺多才深赞声鸣，
智之灵，
草原酣然取风能。

2013.10.27

采桑子　游九华山

久蓄怡情佛都行，
溪幽潭清。
百鸟和鸣，
云海雾凇相辉映。

九华初探竞秀凝，
超然空灵。
神韵天成，
山高水潺望川晴。

2013.10.28

七律　九华风光

涧水倒挂源自空，
流云盈透晨曦中。
万峰惟余蜓南北，
清秋碧草向葱茏。

曲水悠然贯西东，
凭高望断八面风。
幽林凝日淡烟月，
引我又入霞翠宫。

2013.10.28

醉垂鞭　秋景

秋高晓月低，
星欲坠，
晚云移。
鱼跃竞潜底，
寒鸥戏涟漪。

夜幕着彩衣，
潇雨寒，
百花残。
野菊独绽堤，
芳菲争朝夕。

2013.10.28

更漏子　秋近

细雨霏，

夜幕垂，

淡淡轻落紫薇。

稀枝绕，

秋偏好，

溪桥余晖傲。

云浓西，

晚风依，

琵琶悠扬声低。

花无尽，

景无穷，

残芳唤秋近。

2013.10.28

点绛唇　菊赏

秋痕寥廓，
怒菊傲视群芳黄。
雨疏雾稀，
昂首争独赏。
别样芳芬，
晕红破晓霜。
花不尽，
怀香方寸，
怡韵远悠长。

2013.10.29

玉楼春　秋韵

秋潮沐浴芳霏路，
溪水潺流润碧树。
凉生露气清波缓，
风微云淡染晚暮。

燕语莺声啼不住，
嬉闹长空竞追逐。
野菊俏绽红窗醉，
幽怀入夜玉楼赋。

2013.10.30

青门引　秋寒

雨轻寒意浓，
引来趋飞惊鸿。
树墙草丛浅娇红，
香菊芳菲，
劲风掠从容。
望断远山千秋影，
云朦雾月胧。
风雨更添霜色，
瑶池落花近水明。

2013.10.31

千秋岁　香山红叶

香炉枫艳，
芳菲侧影彤，
晨起登攀赏叶行。
丹青黛分明，
一眺远山重。
景峥嵘，
老夫独爱峰飞红。
林深秋意浓，
香园尽芙蓉。
山无尽，
人跃踊，
一览芳容竞，
登高瞻纵横。
国人颂，
红栌岁岁受众宠。

2013.11.1

醉桃源　望秋

远望天高彩云淡，
南飞清归雁。
群峰层林景无限，
花凋残香漫。
朔风吹，
黄菊绽，
欢歌浸湖岸。
幽幽翠屏万山转，
潇潇秋雨探。

2013.11.2

河渎神　秋赏

奇景境成仙，
雾楚欲锁碧山。
鸿飞争先傲蓝天，
成行归雁云间。

西风泛起菊香漫，
翠园又展新艳。
遗坠暗香片片，
难忘惊秋永伴。

2013.11.3

七律　秋登香山

寒霜欲染群山丹，
红叶燃遍远近山。
黄菊幽漫弄晚香，
赏叶寻芳登高欢。

香炉峰隐暮色间，
鬼见愁耸彩云边。
遥看凝翠天水谣，
一派祥和尽瑞安。

2013.11.3

高阳台　晚秋

翠堤秋晓，霞飞千影，芙蓉芳溢梓桑。
纵览万景，东风娇润华邦。
景致无处不风光，登高望、览尽群芳。
碧水长，西去潺潺，畅伴朝阳。
江阔云低波无数，船帆点点绰，望断
归航。
远山淡绿，芬芳秀水轻漾。
峰回万重烟雨茫，通幽处、正值菊黄。
秋韵扬，残荷满塘，暗洒余香。

2013.11.4

七律　秋过

岁岁今又辞秋色，
远山碧水花容侧。
鸿雁惊飞青山暮，
残云漫遮万芳撤。

暗香溢破西风瑟，
寒意尽袭野菊落。
晓月冷吟冬近曲，
一片笙歌穿梦过。

2013.11.4

后庭花　秋之韵

飞鸟低鸣蝉未语，
金翼相倚。
丛草群芳花香里，
云浓雾雨。
柳暗青丝坠香弥，
偶添醉意。
怡园依旧惊绝笔，
展望不已。

2013.11.4

图书在版编目（CIP）数据

李晓华诗词集（二）/ 李晓华 著. -- 北京：作家出版社，2016.8

ISBN 978-7-5063-8635-7

Ⅰ. ①李… Ⅱ. ①李… Ⅲ. ①诗词 – 作品集 – 中国 – 当代 Ⅳ. ①I227

中国版本图书馆CIP数据核字（2015）第309657号

李晓华诗词集（二）

作　　者：李晓华
责任编辑：史佳丽
装帧设计：曹全弘
出版发行：作家出版社
社　　址：北京农展馆南里10号　　　邮　　编：100125
电话传真：86-10-65930756（出版发行部）
　　　　　86-10-65004079（总编室）
　　　　　86-10-65015116（邮购部）
E-mail:zuojia@zuojia.net.cn
http://www.haozuojia.com（作家在线）
印　　刷：北京中科印刷有限公司
成品尺寸：152×230
印　　张：24.5
版　　次：2016年9月第1版
印　　次：2016年9月第1次印刷
ISBN 978-7-5063-8635-7
定　　价：93.00元
